MÔNICA BONILHA

PARAÓ E PEBA

ILUSTRAÇÕES ANA LASEVICIUS

Yellowfante

Copyright © 2021 Mônica Bonilha (texto)
Copyright © 2021 Ana Lasevicius (ilustração)

Todos os direitos reservados pela Editora Yellowfante.
Nenhuma parte desta publicação poderá ser reproduzida,
seja por meios mecânicos, eletrônicos, seja via cópia
xerográfica, sem a autorização prévia da Editora.

Edição geral
Sonia Junqueira

Edição de arte e capa
Diogo Droschi

Revisão
Julia Sousa

Dados Internacionais de Catalogação na Publicação (CIP)
(Câmara Brasileira do Livro, SP, Brasil)

Bonilha, Mônica
 Paraó e Peba / Mônica Bonilha ; ilustrações Ana Lasevicius.
– 1. ed. – Belo Horizonte : Yellowfante, 2021.

 ISBN 978-65-88437-28-5

 1. Literatura infantil I. Lasevicius, Ana. II.Título.

21-72534   CDD-028.5

Índices para catálogo sistemático:
1. Literatura infantil 028.5
2. Literatura infantojuvenil 028.5

Aline Graziele Benitez - Bibliotecária - CRB-1/3129

A **YELLOWFANTE** É UMA EDITORA DO **GRUPO AUTÊNTICA**

Belo Horizonte
Rua Carlos Turner, 420
Silveira . 31140-520
Belo Horizonte . MG
Tel.: (55 31) 3465-4500

São Paulo
Av. Paulista, 2.073 . Conjunto Nacional
Horsa I . Sala 309 . Cerqueira César
01311-940 . São Paulo . SP
Tel.: (55 11) 3034-4468

www.editorayellowfante.com.br
SAC: atendimentoleitor@grupoautentica.com.br

Para Maria Luiza e Isac.

Dois peixes muito amigos sempre nadavam juntos rio abaixo e, às vezes, rio acima também.

Paraó ia sempre atrás da Peba.
Ela corria feito ventania.
Água clara, sol e chuva, e Paraó a seguia.

Certo dia, bem no meio da diversão...
um estouro! Uma explosão!
Peba arregalou os olhos e gelou.
Atrás dela, Paraó trombou e parou.

O céu escureceu. Será que lá vem chuva? Trovoada?

Mas ninguém viu relâmpago anunciar tempestade.

Um bando de passarinhos passou zinindo.

A bicharada correu assustada para todo lado. Peba, petrificada, se escondeu no fundo bem fundo do rio.

Assim fizeram também Paraó e mais um cardume inteiro de peixes desorientados.

Passou um tempo, a água tremeu.
E começou a mudar de cor...

Uma onda barrenta e feia invadiu a água do rio.
E começou a sujar a casa dos peixes.

Muita terra veio junto e, com ela, mais um tanto de coisas: pedaço de pau, pedaço de ferro, pedaço de carro, pedaço de casa...

Com seu rio-casa invadido por aquela lama estranha, os companheiros do fundo do rio foram nadando para bem longe...

Peba também nadou, mesmo sem conseguir enxergar nas profundezas daquelas águas turvas. Não via nada, nem seu amigo Paraó. Ela nadou, e nadou, e nadou muitos dias sem conseguir achar água limpa.

Até que, um dia, já cansada de tanto agitar suas barbatanas, Peba chegou a um lago profundo... e ali avistou uma nesga de sol. E Paraó? Onde estaria ele?

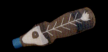

Sem descansar um pouquinho que fosse, começou a procurar o amigo. Rodou, rodou pelo fundo do lago, que também estava cheio de barro.

Tinha só aquele pequenino raio de luz para iluminar sua busca.

Peba encontrou muitas companheiras e companheiros também cansados daquela viagem que não tinha fim. Cardumes inteiros sem rumo, perdidos!

Peixes enfraquecidos
com tanta escuridão.
Sem casa, sem comida.
Tristeza por todo o lago.
E nada de Paraó.

Sentindo o cansaço e mais um pouquinho de desgosto, a piabinha se lembrou daquela estranha tempestade. Mas que estouro de trovão foi aquele?! Veio assim, de repente, sem raio nenhum para avisar?! Não parecia coisa da Natureza...

Peba apertou os olhos, ainda sem conseguir entender tudo aquilo, e decidiu nadar em direção à margem para descansar um pouquinho... O sol quase se despedia, refletido naquela água barrenta que mudou todo o rio.

A noite chegou, e a piabinha parou para descansar perto dos cardumes prateados.
Nem sabia mais onde procurar Paraó, a tilápia.

De repente... Foi no raio de lua cheia que avistou, num canto do barro, um rabinho conhecido. Tinha uma cicatriz bem no meio, feita por um anzol do qual tinha escapado um dia.

Os olhos de Peba se iluminaram. Nadando igual a um lambari, ela logo chegou perto de seu amigo Paraó, meio lama meio peixe, bem ali, atrás de muito pedaço de pau, galhada, muita sujeira e tal.

Parão estava com olhos de peixe morto, mas, quando viu a dança que Peba fazia ao seu redor, deu uma boa risada. Viva! De morto ele não tinha nada!

Estava mesmo era engastalhado naquele tanto de lixo e lama. Difícil sair daquele barro.

Peba foi logo buscar ajuda, e muitos peixes
vieram nadar bem perto do amigo atolado
para levantar o lodo e a lama.
Fizeram tanta zoeira que não se enxergava nada,
pois a água ficou bem mais turva.

Quando todos se foram, demorou muito até Peba finalmente assistir à cena que a deixou muito, muito feliz: seu amigo tilápia nadando e rodopiando, uma dança engraçada naquela água escura!

Mais tarde, assim que o sol nasceu, Peba e Paraó deram adeus ao seu lar e aos amigos, e partiram em busca de águas mais claras, limpas, protegidas pela Natureza.

A AUTORA

Mônica Bonilha, jornalista, é mineira de Belo Horizonte e, como todos os mineiros e brasileiros, acompanhou a tragédia do rompimento da barragem em Brumadinho – no caso dela, bem de perto, pois há mais de 10 anos é voluntária da Organização da Sociedade Civil ARCA AMASERRA, para proteção e educação ambiental na Serra da Calçada/Brumadinho. Participou do movimento "Eu luto, Brumadinho vive", foi uma das idealizadoras dos Projetos "Aceita um Café?" e educadora junto ao "Olhar-te", ambos voltados para a comunidade de Brumadinho.

A ILUSTRADORA

Ana Lasevicius é artista multimídia, graduada em Comunicação Social, com habilitação em Radialismo (Rádio e TV). Escreve e ilustra textos de literatura em geral. Publicou vários livros, entre os quais *O pássaro do tempo* (Autêntica, 2014).

Esta obra foi composta com a tipografia SysFalso
e impressa em papel Couché Fosco 150 g/m²
na Formato Artes Gráficas.